P. L. E. BÉZIERS

FLEURS DES CHAMPS

DES BOIS ET DES GRÈVES

PARIS

LIBRAIRIE DES BIBLIOPHILES

RUE SAINT-HONORÉ, 338

MDCCCLXXV

FLEURS DES CHAMPS

DES BOIS ET DES GRÈVES

Tiré à 200 exemplaires.

P. L. E. BÉZIERS

FLEURS DES CHAMPS

DES BOIS ET DES GRÈVES

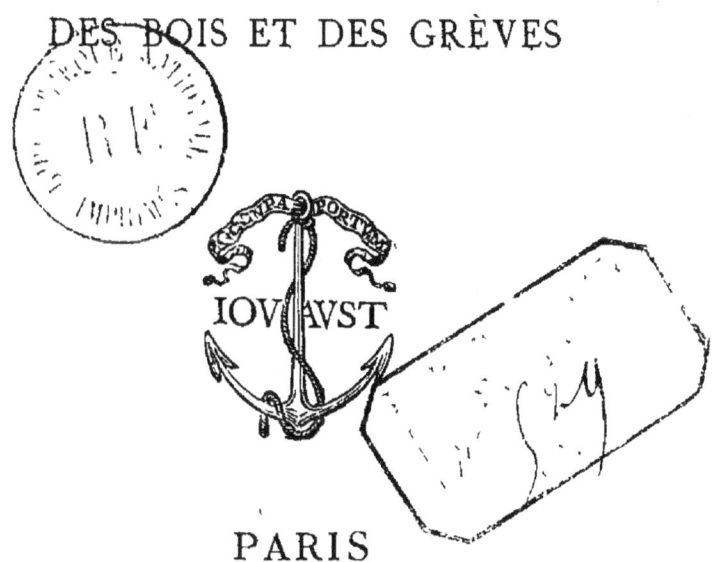

PARIS

LIBRAIRIE DES BIBLIOPHILES

RUE SAINT-HONORÉ, 338

—

MDCCCLXXV

INTRODUCTION

—

SONNET

A MES VERS

Vous que j'ai cueillis le long du rivage,
Dans les champs, les bois, où j'aimais courir,
Bleus myosotis, fleurs de mon jeune âge,
Sans moi, sans mes soins, vous alliez mourir.

Je vous retrouvai perdus sur la plage,
Roulés par le vent et près de flétrir;
Alors j'ai bâti cet humble hermitage
Où du moins, en paix, vous pourrez fleurir.

I

Là, j'aurai toujours vos fraîches corolles
Qui me parleront de nos courses folles,
De mes premiers ans qui m'ont dit adieu.

Cher petit bouquet commencé dans l'herbe,
Ferez-vous jamais une grande gerbe?
Que sais-je? Hélas! c'est le secret de Dieu!

P. L. E. BÉZIERS

LA FEUILLE MORTE ET L'OISEAU

LA FEUILLE MORTE ET L'OISEAU

Le jeune oiseau disait à la feuille qui tombe :

« Pauvre feuille, ô ma sœur,

Où t'emporte le vent? au ciel ou dans la tombe?

Dans la tombe? ô douleur !

Où vas-tu, réponds-moi, ma compagne chérie?

T'en vas-tu sans retour?

Dis-moi, t'envoles-tu dans une autre patrie,

Dans un autre séjour?

Iras–tu reverdir dans un autre bocage,

     Orner d'autres rameaux,

Et prêter, infidèle, un infidèle ombrage

     A d'autres nids d'oiseaux?

— Hélas! répond la feuille à l'oiseau qui l'implore,

     Non, mon frère, je meurs,

Et sur le froid gazon je dois, avant l'aurore,

     Dormir avec mes sœurs.

— Que ton langage est triste et ta couleur flétrie!

     Dit l'oiseau plein d'effroi.

Oh! ne meurs pas, ma sœur, ma compagne chérie;

     Je mourrais avec toi.

Reste avec ton ami, reste, sois-lui fidèle;

     Les beaux jours sont passés;

Reste sur le rameau pour dérober mon aile,

     La nuit, aux vents glacés;

Reste pour nous bercer sur la branche jaunie
Au souffle du zéphir ;
Reste pour exhaler et la même harmonie
Et le même soupir ;

Reste pour ombrager à la saison nouvelle
Le nid de mes amours ;
Reste, voici le froid, mais l'hiver qui l'appelle
Ne dure pas toujours ;

Reste : si, pour charmer ton ennui solitaire,
Il te faut de doux chants,
Eh bien ! je chanterai sans cesser, pour te plaire,
Mes plus joyeux accents.

Mais aussi ne va pas sur la terre flétrie
Dormir avec tes sœurs ;
Reste avec ton oiseau, ma compagne chérie,
Reste, oh ! reste, où je meurs

—Pourquoi gémir ainsi? lui répondit la feuille.

Ami, ne sais-tu pas

Que le temps en passant secoue à terre et cueille

Chaque chose ici-bas?

C'est ainsi que le chêne à la tête superbe

Courbe son vieux tronc noir;

C'est ainsi que la fleur penche humblement sous l'herbe

Son front, quand vient le soir;

C'est ainsi que la source à courir les vallées

Perd tous ses flots taris;

C'est ainsi que la feuille a jonché les allées

De ses jaunes débris,

Et que moi-même aussi je rejoins mes compagnes

Dormant sur le gazon.

Mais toi, toi tu verras reverdir les campagnes;

A la verte saison,

D'autres feuilles viendront te prêter leur ombrage ;

Sur les rameaux touffus

D'autres amours pour toi naîtront sous le feuillage ;

Mais je ne serai plus.

Oh ! puisses-tu penser à la feuille flétrie

Que regrette ton cœur,

Et puisse une autre feuille aimer ta rêverie

Et te rendre ta sœur ! »

SONNET A LA VIERGE

SONNET A LA VIERGE

Stella Maris.
Rosa Mystica.

Salut, divin flambeau qui veilles sur le monde,
Toi dont le front sacré sort des flots orageux !
Étoile, tu parais, et l'Océan qui gronde,
Comme Satan jadis, a fui devant tes feux.

Toi qu'une aube éternelle arrose dé son onde,
Salut, fleur de Juda, qui par delà nos yeux
As fui pour reverdir, immortelle et féconde,
Sous un divin soleil, aux champs aimés des cieux !

2

Épanche, ô noble fleur des célestes prairies,

Sur nous, fleurs de la terre aux corolles flétries,

Un pur et blanc reflet de ton sein maternel.

Étoile qui jaillis de la nuit des tempêtes,

Guide, quand tous les feux ont pâli sur nos têtes,

Notre nef vagabonde au rivage éternel !

A UN JEUNE DIACRE

A UN JEUNE DIACRE

Voyageur qui gravis vers la sainte montagne
Où se montrent de loin les autels du Seigneur,
Que le bras de Dieu t'aide et son ombre accompagne
        Tes pas, ô voyageur !

La route est longue encore et le soleil se lève.
Marche en levant les yeux vers le divin autel,
Et songe que là-bas où t'emporte ton rêve
        On est plus près du ciel !

2.

AVENIR ET POÉSIE

AVENIR ET POÉSIE

ÉVOCATION

Rois du chant qui dormez sur vos harpes muettes,
Réveillez-vous, ô morts, réveillez-vous, poëtes;
Chanteurs du temps passé, hâtez-vous d'accourir,
Hâtez-vous, car la muse encor si jeune et belle,
La muse aux champs divins, qu'on disait immortelle,
    La muse va mourir.

Elle s'en va mourant, la jeune Poésie :
Pauvre fleur arrachée au ciel bleu de l'Asie,
Les soleils sont trop froids pour elle sous nos cieux.
Oh! si quelqu'un l'aimait, elle vivrait encore ;
Mais vous n'êtes plus là, bardes, pour qu'on l'adore
      Et le monde est trop vieux.

Bardes, la lyre en main, levez-vous de la tombe ;
Venez chanter encore à la jeune colombe
Ce que vous lui chantiez au temps de vos amours,
Chantez les chants aimés, les chants de sa jeunesse ;
Chantez tous : il se peut que la vierge renaisse
      Aux chants des anciens jours.

A MON PÈRE

A MON PÈRE

POUR LE JOUR DE SA FÊTE

Enfin, c'est aujourd'hui que ta fête, ô mon père,
Revient et vient toujours belle en dépit du temps,
Ta fête qu'attendait mon cœur, comme on espère
La joyeuse hirondelle ou la fleur du printemps.

Qu'il est heureux ce jour où près de ceux qu'il aime
Le cœur revient joyeux après un long adieu,
O jour trois fois béni, comme le saint jour même
Où l'on offre son âme et sa prière à Dieu !

3

J'aurais voulu te faire une plus riche offrande ;
Mais, hélas ! je ne suis que fils, et non pas roi.
Si l'amour était or, ma bourse serait grande ;
Pourtant, s'il te suffit, mon trésor est à toi.

Oh! vienne, vienne un jour! — Mais oublions pour l'heure
Les soins d'un autre temps et l'avenir et l'or :
Car cette heure, ô mon père, est encor la meilleure ;
Fêtons, fêtons-la bien pour la revoir encor.

A MON PÈRE

A MON PÈRE

DEUX JOURS APRÈS SA FÊTE

Il est vrai que ce jour n'est pas ton jour de fête
Père aimé : sur ses pas le ciel deux fois a lui ;
Mais il n'a point paru sans qu'on ait vu sa tête
Poindre quand il est né, passer quand il a fui.

Je l'ai vu trop souvent pour ne pas le connaître ;
Mon cœur veillait trop bien pour qu'il pût échapper ;
Je le laissai passer quand je le vis paraître,
Mais tu vois que plus tard j'ai bien su l'attraper.

3.

Eh! que fait à mon cœur un jour plutôt que d'autres?
Pour être un peu plus vieux en ai-je moins d'amour?
Ce bouquet qu'ont cueilli des doigts connus des nôtres,
En est-il moins charmant pour l'être encore un jour?

Puissions-nous dans vingt ans fêter ton jour de fête,
Comme aujourd'hui, deux jours après qu'il aura lui!
Il vaut mieux voir du temps les talons que la tête :
Au moins on est plus sûr d'être après qu'il a fui.

L'ÉGLANTINE ET LA FAUVETTE

L'ÉGLANTINE ET LA FAUVETTE

A UNE JEUNE MÈRE DE TROIS ENFANTS

Sœur, disait la fauvette à la blanche églantine,
      Quand ton sein
S'ouvre ainsi jeune et frais sur le buisson d'épine,
      Au matin,

Et qu'autour trois boutons montrent leur tête blanche,
      Sœur, dis-moi,
Est-il fleur dans nos bois, sous l'herbe ou sur la branche,
      Comme toi?

On croit avec ses sœurs voir une blanche étoile
Du bon Dieu,
Et ton buisson ressemble à quelque coin sans voile
Du ciel bleu.

Parmi les fleurs, la fleur qui se dit la plus belle
De nos bois,
Avec tes trois boutons, ma sœur, tu l'es comme elle
Quatre fois.

Aussi le zéphir t'aime entre les plus aimées.
Quelle fleur
Lui livrerait autant de lèvres parfumées
Que toi, sœur ?

Vienne à présent l'hiver : lui, qui dit à la rose
De mourir,
Verra dans ses boutons ta fleur toujours éclose
Refleurir.

Heureux est le zéphir que ton parfum enivre,
                    Ou l'oiseau,
L'oiseau qui peut bâtir à tes pieds pour y vivre
              Son berceau !

Qu'il est doux seulement, ô fleur, de te connaître,
                  Et pour moi
D'avoir, pauvre fauvette, à chanter un doux être
              Comme toi !

AIMEZ-VOUS!

AIMEZ-VOUS!

A DEUX JEUNES ÉPOUX

Puisqu'au pied des autels, puisque la main du prêtre
Au nom du Dieu vivant vous a sacrés époux,
Aimez-vous à plein cœur, c'est la loi du grand maître ;
    Aimez-vous.

Aimez-vous comme Adam dut aimer la jeune Ève;
Et comme aima Jacob, l'infatigable époux,
Qui lutta quatorze ans pour Rachel, son seul rêve;
Aimez-vous.

Le patriarche antique et sa femme féconde
Après cent ans d'amour étaient encor jaloux:
Comme eux, comme on aimait aux premiers temps du monde
Aimez-vous.

Leur amour était saint, c'était une prière;
Ils s'aimaient devant Dieu, qui les bénissait tous:
Vous aussi devant Dieu, comme on n'aime plus guère,
Aimez-vous.

Aimez-vous, car l'amour est un présent céleste.
Quand le ciel fut perdu, Dieu prit pitié de nous;
Il nous laissa l'amour, le seul bien qui nous reste :
Aimez-vous.

Aimez-vous, puisque tout, amis, parents, vous aime...
Vous vous aimez déjà comme de vieux époux,
Et j'ai tort plus longtemps de répéter moi-même :
Aimez-vous!

ATTENTE

ATTENTE

LA FEMME DU MARIN

Rien encore, hélas! rien que la vague qui fume
Et se brise en roulant avec de longs sanglots ;
Rien que la vaste mer et son dos blanc d'écume;
    Des flots et puis des flots!

Voile qui m'apportez mon époux sous votre aile,
Blanche image, ô mon rêve, ô doux rêve la nuit,
Vous que sur tous ces flots en vain mon cœur appelle,
    En vain mon œil poursuit,

Quand donc à l'horizon, quand donc, ô blanche voile,
Sortant, comme la fleur qui s'ouvre sur les eaux,
Sortant des flots lointains comme une blanche étoile,
    Comme un blanc nid d'oiseaux,

Quand m'apparaîtrez-vous? Combien de fois encore,
Sur la grève où je viens seule et triste m'asseoir,
Attendrai-je en pleurant du soir jusqu'à l'aurore
    Et de l'aurore au soir?

Combien de fois verrai-je, hélas ! mon espérance
Mourir avec le jour et renaître avec lui,
Avant que le soleil du jour de délivrance,
    Mon beau soleil ait lui?

. . . .

UNE ANNONCE A LA FOIRE

UNE ANNONCE A LA FOIRE

ÉPIGRAMME CONTRE UN JOURNAL

Dzim tam tam! dzim boum boum! Allons, messieurs, en place!

C'est ici qu'on fait voir dans toute sa splendeur

Un animal, le seul qu'on ait vu de sa race !

Ce sont des Iroquois qui l'ont pris à la chasse;

On le nomme au pays le *Journal de H....fleur*

C'est pas plus gros qu'une oie, et ça brait comme un âne.

5

N'échappez pas, messieurs : vous lui verrez au crâne
Une oreille qui dit : « C'est moi, n'ayez pas peur. »
Tout lui va : la carotte est son régal de fête,
Les vieux canards surtout sont le plat de son cœur.
Il parle ! croyez-vous ? C'est pourtant une bête !
Un prodige, messieurs ! Entrrrez, la loge est prête ;
Entrrrez, vous allez voir le *Journal de H....fleur.*

RETOUR DE NOCES NORMANDES

RETOUR DE NOCES NORMANDES

Puisque chez les Normands, dans des fêtes pareilles,
Le maître du logis n'est pas content de vous
S'il ne vous a tous vus, rouges jusqu'aux oreilles,
Manger à couler bas et boire à triples coups,

Eh bien, j'ai mangé dru, soyez contents, mes hôtes!
Que dis-je? outre les plats, j'ai bu sec et longtemps.
Pour finir noblement des actions si hautes,
Je porte la santé des maîtres de céans.

5.

N'ayons peur de fêter une fête aussi belle,
D'autant plus belle, hélas! qu'elle est rare chez nous.
Sous quels toits tous les ans ailleurs est-on fidèle
A fêter comme ici la fête des époux?

Quelqu'un manque pourtant à nos tables joyeuses,
Un qui se fait attendre, un convive de plus,
Un de ceux qu'on endort en chantant des berceuses.
Il est des appelés; pour qu'il soit des élus,

Les pleurs sont impuissants et l'éloquence est vaine:
Il vaut mieux pour ce cas bien agir que prier.
Nous comptons tous sur lui pour la fête prochaine,
Et prions ses parents de ne pas l'oublier.

AU SAINT LIEU

AU SAINT LIEU

Temple du Dieu vivant, maison de la prière,
Toi qui portes au front la croix d'or ou de pierre,
Comme on voit un drapeau sur la maison des rois;
Palais bâti par l'homme au grand roi qu'il adore;
Autels sanglants où vient le Christ à chaque aurore
Chercher un Golgotha pour y planter sa croix;

Murs sacrés qui du ciel êtes la douce image,
Salut! — Le matelot qui revoit le rivage
Et son vieux toit fumant là-bas à l'horizon
A moins de joie au cœur que moi qui te contemple,

Vieux clocher, qui m'attends à la porte du temple,
Comme un hôte debout au seuil de sa maison. —

Voici le jour qui fuit et la nuit qui s'avance.
Déjà la cloche tinte, et la terre en silence
Écoute et se souvient qu'il faut penser à Dieu.
Prions : la fleur du soir, la prière est éclose.
Ouvrez au voyageur, ouvrez, pour qu'il repose,
Votre sein maternel, ô patrie, ô saint lieu !

Comme l'oiseau lassé, le cygne ou l'hirondelle,
Qui trouve sur sa route en traversant les mers
Un vaisseau pour s'abattre et reposer son aïle ;
Comme l'Arabe errant que l'oasis fidèle,
L'oasis verte accueille avec ses palmiers verts ;

Comme le vieux pêcheur qui fuit dans la tempête
Au rivage où l'attend son toit calme et joyeux ;
Le soir, qu'il est heureux, quand son pied las s'arrête,

O temple, de t'avoir pour reposer sa tête,
Le voyageur qui passe et s'achemine aux cieux!

Le cœur de l'exilé toujours à la patrie
S'en va, comme au rivage on voit le flot courir.
C'est sa plus belle amante et c'est la plus chérie.
Ailleurs il dépérit comme une fleur flétrie,
Et ne mourrait pas bien s'il n'y pouvait mourir.

Silence! Tout est calme et le temple sommeille,
Comme une étoile aux cieux, la lampe seule veille
             Aux voûtes du saint lieu.
Personne! Mais la nuit, la paix, l'air qu'on respire,
L'effroi du cœur, tout parle et tout bas vient nous dire
             Qu'on est voisin de Dieu.....

VOIX DE LA TOMBE

VOIX DE LA TOMBE

De Profundis!

PRÉLUDE

Quand sous le froid linceul de ses fleurs desséchées,
Fleurs qu'un rayon fit naître et qu'un souffle a fauchées,
La terre étend son sein glacé par les autans;
Quand la feuille des bois, qu'emporte un vent d'orage,
Tombe en mourant sur l'herbe où dormait son ombrage,
Sans reverdir jamais aux rayons du printemps;

Des ténèbres du soir quand la terre est voilée
Et semble reposer sous un noir mausolée,
Comme au fond du sépulcre un cadavre qui dort ;
Quand la mort vient s'abattre en la pauvre nature
Et de ses flancs meurtris arracher sa pâture ;
Quand tout languit et meurt, tout, excepté la mort.

Guidés par les rayons de l'astre solitaire
Suspendu dans la nuit pour éclairer la terre,
Comme un flambeau qui veille au milieu des tombeaux,
Allez, allez, mortels, sous les herbes fanées,
Revoir ceux qui, vaillants, traversaient les années
Et dont il n'est plus rien que d'informes lambeaux.

Là, parmi les tombeaux, blancs ou couverts de lierre,
Dont le temps dans sa route a dévoré la pierre,
Ou que depuis la veille ombrage un saule en pleurs,
Entendez-vous ces voix gémir dans les ténèbres ?

Ce sont les voix des morts, ce sont leurs cris funèbres;
Venez, heureux vivants, écouter leurs clameurs.

LES VOIX DES MORTS.

Vous qui d'un pied discret foulez l'herbe des tombes,
Arrêtez! sous vos pas dorment des catacombes
Où tout un peuple gît, entassé loin du jour;
C'est un engrais humain qui fait croître cette herbe.
Là même où vous posez un pied large et superbe,
D'autres viendront plus tard vous fouler à leur tour.

Les morts dorment en paix dans leur dernier asile?
Erreur! Il n'est pas vrai que sur leurs lits d'argile
Les morts aient un sommeil plus calme et plus profond.
Vivants, plus que les leurs vos nuits coulent heureuses.
La tombe, c'est la mer aux vagues ténébreuses,
La surface est tranquille et l'orage est au fond.

Vous à qui nos tombeaux, insensés, font envie,
Oh! que ne pouvez-vous nous donner votre vie

6.

Dont vous êtes si las de porter les douleurs !

Ce n'est point pour aller nous asseoir à vos fêtes,

Partager vos festins et surcharger nos têtes

D'ornements passagers, de parfums et de fleurs.

Si le soleil jamais réchauffait nos poussières ,

Les temples nous verraient, étendus sur leurs pierres,

Les user sous nos pleurs, nos fronts et nos genoux.

Mais non, il est trop tard, trop tard ! l'heure est passée ;

Plus d'espoir de prier : notre lèvre est glacée.

Mais vous qui le pouvez, vivants, priez pour nous.

UNE MÈRE.

Enfant, quand tu souffrais, sur le bord de ta couche ,

Mon cœur contre ton cœur, ma bouche sur ta bouche,

J'ai veillé bien des nuits pour endormir ta voix ;

Bien des nuits à tes pleurs je prêtai mon oreille.

Voici mon tour, enfant : la douleur me réveille,

Et mon lit est moins doux que ton lit d'autrefois.

Plains ma souffrance, enfant; souviens-toi de la tienne.

Des baisers de ta mère, enfant, qu'il te souvienne,

Et songe à tous les pleurs qu'elle a versés pour toi.

Redis pour elle au moins la prière enfantine

Que sa bouche apprenait à ta voix argentine;

. Redis-la pour ta mère, oh! redis-la pour moi!

UN FIANCÉ.

Vierge chère à mon cœur, vierge ma bien-aimée,

De nos jeunes amours la saison parfumée

A fui comme un beau rêve aux sons du noir beffroi.

Ton bien-aimé t'appelle, ô ma blanche colombe.

Viens, si tu m'as aimé, déposer sur ma tombe

Une larme d'amour et prier Dieu pour moi.

UN AMI.

Amis, dans son tombeau quand la mort nous convie,

Des dons que Dieu dispense à chacun dans la vie

La douleur est le seul qu'on emporte avec soi :
La tombe avec la mort laisse entrer la souffrance.
Amis, souvenez-vous : c'est ma seule espérance.
Souvenez-vous, amis, et priez Dieu pour moi.

UN ORPHELIN.

Hélas! qui recevra ma prière et mes larmes?
Jamais d'un doux baiser je n'ai connu les charmes ;
Pas un visage en deuil n'a suivi mon convoi.
Seul je suis dans la tombe et je fus sur la terre.
Inconnus qui foulez mon tombeau solitaire,
Qui de vous, par pitié, voudra prier pour moi?

TOUTES LES VOIX.

Frères, accordez-nous la pitié fraternelle :
La nuit, quand vous souffrez, vous paraît éternelle,
Et la nuit pour jamais s'est faite sur nos corps.
Priez : nos os émus, oubliant la souffrance,

Dans leurs tombeaux glacés frémiront d'espérance :
La prière, ô vivants, fait revivre les morts.

Priez : enfant, pour voir comme autrefois ta mère
Sourire à ton réveil quand, fermé pour la terre,
Ton œil s'entr'ouvrira dans l'éternel séjour ;
Amis, pour voir au ciel en saisons fortunées
Renaître les beaux jours de nos jeunes années
Dans l'éternelle ivresse et l'éternel amour ;

Vierge, pour que la fleur de nos amours flétries
Refleurisse à jamais aux célestes prairies
Dans l'aurore immortelle et l'éternel printemps;
Inconnus, pour que Dieu qui bénit la prière
Vous garde d'être seuls à votre heure dernière,
De pleurer dans la tombe et d'y pleurer longtemps.

Priez, pour que des morts la moisson desséchée,
Loin de ces noirs caveaux où la mort l'a couchée,

Reverdisse aux rayons du soleil éternel ;

Et pour qu'un jour vos corps, dans ces froides demeures,

Las de toujours souffrir et de compter les heures,

Ne heurtent pas en vain à la porte du ciel !.....

A UN JEUNE MÉDECIN

A UN JEUNE MÉDECIN

Ainsi, dans la cité qu'académique on nomme,
Les vieux docteurs t'ont dit : « *In nostro corpore*,
O docte, doctior, doctissime jeune homme,
    Dignus, dignus es intrare. »

Hourra! Faisons sonner les joyeuses fanfares!
Vainqueur, nous t'acclamons et te battons des mains,
Comme à Rome autrefois le vainqueur des barbares
    Était fêté des vieux Romains.

7

Te voilà médecin, Janus à deux visages;
Mais sous lequel des deux dois-tu te présenter?
En voyant ton retour dans nos calmes bocages,
    Faut-il gémir, faut-il chanter?

Tu portes dans ta trousse et la mort et la vie :
Pour les riches du monde ou l'ouvrier sans pain,
Tout s'y trouve : poison, baume qui vivifie
    Et poudre de prélimpinpin.

Tu peux avec l'onguent fait selon la formule,
Si tu veux, nous tirer d'un embarras mortel;
Mais aussi, quand tu veux, avec une pilule
    Tu peux nous envoyer au ciel!...

Non, tu ne seras pas l'homme de la souffrance,
Le partisan des morts, mais l'ami des vivants,
Et tu ne voudras pas, toi François, que la France
    Ait à pleurer sur ses enfants.

Les fils seront rendus aux baisers de leurs mères,

Et la joie entrera dans les maisons en deuil,

Et l'on ne verra plus de ces larmes amères

    Qu'on répand autour d'un cercueil.

Maintenant, quand les maux, quand tous les maux ensemble,

Le choléra, la peste, et pire que cela,

Viendraient fondre sur nous, que personne ne tremble :

    Le médecin est là !

Enfin, par quelque chose il faut bien qu'on commence.

C'est moi, savant docteur, moi qui veux t'étrenner.

J'ai foi dans ta lancette et ton savoir immense :

    Je t'attends pour me vacciner !...

L'ANGE EXILÉ

L'ANGE EXILÉ

L'exilé partout est seul.

Il allait franchissant et les monts et les plaines,
Sans halte, sans repos dans ses courses lointaines,
                L'ange exilé des cieux ;
Et son front, incliné sous le poids d'un mystère,
Passait indifférent aux splendeurs de la terre,
                Si belle à tous les yeux !

Déjà la froide automne a jauni les prairies ;

Déjà la terre en deuil sous les herbes flétries,

Débris de ses amours,

Pleure au fond des forêts, des vallons, des montagnes,

Son jeune époux chassé de ses vertes campagnes,

L'été, roi des beaux jours.

C'est l'heure où le jour fuit, où l'astre qui s'incline

Donne un dernier baiser à la triste colline ;

Où, spectre aux bras touffus,

Plus sombre au champ des morts le cyprès se balance ;

C'est l'heure où le cœur aime à rêver en silence

A ceux qui ne sont plus.

Et lui, plus désolé que le vallon sauvage

Qui pleurait tous ses fils et voilait son veuvage

Sous le manteau du soir,

Pour dérober une heure à sa marche éternelle,

Un tombeau lui montra sa pierre fraternelle ;

  L'archange y vint s'asseoir.

Là, sous la vaste nuit qui dormait dans ses voiles ;

Là, sous les cieux éteints où les mornes étoiles,

  Penchant leur front en deuil,

Pleuraient en larmes d'or leur roi plongé dans l'onde ;

Là, devant la nature et si jeune et si blonde

  Étendue au cercueil ;

Comme un spectre lassé du tombeau qui l'écrase,

Quand la nuit sur sa pierre on le voit en extase,

  Mêlant au bruit des vents,

A tous les vents du ciel sa douleur solitaire,

L'exilé fit entendre au sommeil de la terre

  Ces lugubres accents :

« Amour ! poison doré qui tue et qu'on adore !

Pomme qui séduisit Ève innocente encore

Et lui coûta les cieux!

Amour! monstre à l'étroit dans tes larges domaines,

Qui lassé d'engloutir des victimes humaines,

Vins t'attaquer aux dieux!

« Que maudit soit le jour où, couvant ta victime,

Ton œil éblouissant m'entraîna dans l'abîme,

Où le dieu du trépas,

Dieu jaloux, moissonna la vierge bien-aimée,

La fleur dont l'ange eût fait la compagne embaumée

De sa route ici-bas.

« Angéla! blonde enfant, vivant pleur de l'aurore,

Premier bouton que l'aube en naissant fait éclore

Au souffle du printemps;

Lis des cieux que la brise apporta sur ses ailes,

Quand Dieu sema les lis et les fleurs immortelles

Dans les célestes champs!

« Vers quel lointain bocage as-tu fui, ma colombe?
En vain, pour retrouver ton asile ou ta tombe,
        Le cri de mes douleurs
Lassa tous les échos des bois et des montagnes;
La terre est triste et vide, ô vierge, et tes compagnes
        Vont répandant des pleurs.

« Oh! qui me la rendra, ma colombe adorée,
Blanche comme un rayon de la lampe sacrée
        Qui veille aux pieds de Dieu;
Ma colombe d'amour, aussi douce à mon âme
Que la brise du soir qui verse un frais dictame
        Sur mes membres en feu!

Que je t'aimais, ô rêve, ô trésor de ma vie!
Eh! n'ai-je pas laissé pour toi, ma seule envie,
        Le ciel et Dieu pour toi?
« Que j'aimais à te voir, rose et blanche églantine,

Le soir, disant à Dieu la prière enfantine
Où tu priais pour moi!

« Que j'aimais à bercer ta couche, ô blonde amie,
Et clore en murmurant ta paupière endormie
Sous un baiser d'amour!
Oh! que n'ai-je avec toi, dans un coin solitaire,
Loin du maître jaloux, pu créer sur la terre
Un céleste séjour!

« Le vent brûlant du ciel déchaîna son haleine,
Et, quand il eut passé, je cherchai dans la plaine
Ma moisson et mes fleurs.
L'archange était tombé de la voûte éternelle,
.Et la colombe aux cieux, en déployant son aile,
Avait rejoint ses sœurs.

« La vierge en liberté vola dans sa patrie;
Et Dieu dit : «Va, repais ton aveugle furie

« Et ton cœur affamé. »

Et son bras foudroyant me lança dans l'espace,

Et mes rayons épars ont laissé sur ma trace

Un sillon enflammé.

« Adieu, champs éternels, ô célestes vallées,

Mondes dont, en passant, les têtes étoilées

S'abaissaient devant nous !

Mon œil ne verra plus vos beautés immortelles.

Vous serez beaux toujours, mais je n'ai plus mes ailes

Pour voler jusqu'à vous. »

Pareil au léthargique enfermé dans la tombe,

Qui se tord et s'agite, et se dresse, et retombe

Sous le fardeau des morts,

Mon front veut résister à ce ciel qui l'accable ;

Mais en vain. Sous le poids de son bras implacable

Dieu fait ramper mon corps.

8

Fleurs que mes pieds maudits en passant ont séchées,

Que le vent des hivers dans la tombe a couchées

　　Ou s'acharne à flétrir;

Fleurs qui dormez au soir des saisons amoureuses,

O reines des beaux jours, que vous êtes heureuses,

　　Vous qui pouvez mourir !

O tombe où ma douleur pour un instant s'arrête,

Que ton froid oreiller serait doux à ma tête,

　　Si je dormais en toi !

Chaque pas dans ma route est marqué par des tombes,

Et de tous ces bûchers affamés d'hécatombes,

　　Pas un n'est fait pour moi.

Soufflez, vents orageux, vents glacés des montagnes;

Soufflez; étendez-moi dans ces mornes compagnes

　　Sous vos linceuls flottants.

Tous les beaux jours ont fui de mon toit solitaire.

Me sera-t-il jamais donné, comme à la terre,
            De revoir mon printemps?...

. . . .

Pressé par l'aiguillon qui le poursuit sans cesse,
Déjà l'ange a repris sur son dos qui s'affaisse
            Le fardeau du malheur;
Et l'exilé s'en va dans sa route éternelle
Sans qu'une main s'attache à sa main fraternelle,
            Seul avec sa douleur!...

SONNET-ACROSTICHE

8.

SONNET-ACROSTICHE

A Mademoiselle Léontine Ledonné de la Girardière

LA ROSE ET L'OISEAU

L'oiseau des buissons disait à la rose :
Églantine aimée, ô sœur, si tu veux,
O ma fleur chérie, une douce chose,
Ne faisons qu'un nid et vivons tous deux.

Tous deux nous vivrons dans ton buisson rose,
Inconnus, en paix, aimants et joyeux ;
Nous aurons mes chants, ta fleur jeune éclose
Et tous tes parfums pour nous rendre heureux.

Le ciel nous fera son plus gai sourire,
Et ses doux rayons et son frais zéphire
Descendront plus doux et plus frais sur nous.

Oh ! Les séraphins, blanches sentinelles,
Nous voyant toujours aimants et fidèles,
Nous enfermeront sous leurs blanches ailes,
Et nous garderont des oiseaux jaloux !

CHANSON

CHANSON

RÉPONSE A UN NOTAIRE

Par un de ses anciens clercs

Maître ****
Sur moi bavarde ;
Qu'il prenne garde
D'agir ainsi :
Souvent la phrase
Nuit à qui jase ;
L'homme qui rase
Peut l'être aussi.

Il dit en somme,
Le bien cher homme,
Que je fus comme
Les mauvais clercs :
Qu'en sa cambuse,
Où mainte buse
Bâille ou s'amuse,
Je fis des vers.

Dans ma jeunesse,
Je le confesse,
J'eus la faiblesse
D'aimer rimer.
Si c'est un crime,
Il est minime;
Pis que la rime
On peut aimer.

Quant au grimoire

A l'encre noire,

Veuillez bien croire

Que j'en ai fait,

Pauvre jeune homme,

Bien pour la somme

Que l'économe

Me marchandait.

Et lui, le maître,

Veut-on connaître

Ce que put être

Son stage ancien ?

On dit (je n'ose

Narrer la chose)

Que vers ni prose

Il ne fit rien.

9

La brute entière
Vit de matière ;
Mais l'âme altière
Avec l'esprit,
La poésie,
Manne choisie,
Est l'ambroisie
Qui les nourrit.

Si Dieu, mon maître,
Vous eût fait naître
Rêveur, peut-être
Vous verrions-nous
Bon caractère,
Parfait notaire,
Plus heureux père,
Meilleur époux.

Quoi qu'il advienne,

Maître, sans haine

Qu'il vous souvienne

De l'ancien temps :

Car, somme toute,

Nous faisions route,

Jeunes, sans goutte

Et mieux portants !

A LA GRÈVE DE LION-SUR-MER

A LA GRÈVE DE LION-SUR-MER

Ille terrarum mihi præter omnes
Angulus ridet. (HORACE).

Toi qui livres ton sein à la vague endormie,
Quand, las d'errer toujours et de toujours gémir,
Sur toi, comme un amant sur le sein d'une amie,
    L'Océan vient dormir,

Salut, grève aux champs d'or! Comme on voit l'hirondelle
Toujours au toit qu'elle aime accourir aux beaux jours,
Ainsi toujours vers toi mon cœur revient, fidèle
    A ses premiers amours.

Qu'un autre aime les monts, les forêts ou les plaines ;
Qu'il s'exile et qu'il aille, errant sous d'autres cieux,
Payer avec son or et ses courses lointaines
    Le plaisir de ses yeux !

Mes champs à moi, mes champs, mes monts et mes ombrages,
Et s'il est sous le ciel des lieux plus doux encor,
C'est ma grève aux flots bleus, ma grève aux longs rivages,
    Ma grève aux sables d'or.

Je l'aime, car son sein, nu, sauvage et rebelle,
N'a point subi le joug des hommes ni du temps ;
Car elle est vierge encore et toujours jeune et belle
    Malgré ses six mille ans.

La voilà belle au soir comme au matin du monde !
Voilà les mêmes flots, le même Océan bleu !
Voilà !... mon œil croit voir encor passer sur l'onde
    La grande ombre de Dieu !

Oh! que de doux instants j'ai passés sur la grève,
Voluptés que le cœur ressent et ne dit pas,
Comme il en est au ciel et parfois on en rêve
    Dans les nuits d'ici-bas !

A l'heure où le soleil, comme un volcan immense,
Jaillit du sein des eaux aux profondeurs du ciel,
Où la mer en chantant s'éveille et recommence
    Son labeur éternel,

On dirait, tant est beau le jour qui vient de naître,
Que ce soleil naissant est le dernier soleil,
Que c'est l'aube éternelle et que Dieu va paraître
    Comme au dernier réveil.

Et le soir, quand le flot sur son lit d'algue verte
Dort après les rumeurs et les courses du jour
Et donne en s'endormant à la plage déserte
    Un long baiser d'amour;

Quand la lune est au ciel montrant, pâle et sans voiles,
Son front comme une lampe aux voûtes du saint lieu,
Alors, sous les grands cieux, sous le feu des étoiles
    Et le regard de Dieu ;

Alors, comme il est doux aux soupirs de la vague
De s'en aller, rêveur, sur les sables déserts,
Libre comme les vents, comme le flot qui vague,
    Comme l'oiseau des mers !

Vous qui ne savez pas combien ma grève est belle,
Accourez ; voici l'heure où tous les blancs oiseaux,
Doux oiseaux passagers, viennent baigner leur aile
    Et jouer sur les eaux.

Comme eux, venez apprendre au bord des mers plaintives
Ce que le premier homme en son cœur dut sentir
Quand son premier regard vit les flots sur leurs rives
    Tomber et retentir.

Lion, ô fleur des eaux, ô mon riant village,
Fraîche oasis qui dort sur les sables brûlants,
Reine dont l'Océan en rampant sur la plage
    Vient baiser les pieds blancs,

De tous les nids épars sur les bords de la Manche,
C'est toi, toi seul que j'aime, ô doux fils de la mer,
Le plus beau qui s'arrose et dont la tête blanche
    Se mire au flot amer.

C'est ton sable aussi blond que les blondes jonquilles,
Ta falaise au front blanc, tes rochers au flanc noir,
Et ta dune fleurie où vont les jeunes filles
    Danser en chœur le soir !

Comme le vieux pêcheur dans sa pauvre demeure,
Près des flots qu'il connaît, veut attendre la mort,
Et, l'œil tourné vers eux, jusqu'à sa dernière heure
    Leur sourit et s'endort,

C'est auprès de mes flots, c'est auprès de ma plage,

Ma plage où tout enfant j'aimais tant à courir,

C'est dans toi que je veux, ô mon aimé village,

Mourir!

SONNET-FANTAISIE

SONNET-FANTAISIE

Le baigneur de la plage est debout dans les lames,
Les baigneuses dansant font leur ronde à l'entour.
On dirait un sultan entouré de ses femmes,
Ou le dieu de la mer au milieu de sa cour.

Sur un signe de lui, jeunes et nobles dames
Vont toutes dans ses bras se jeter tour à tour,
Secouant devant lui la pudeur de leurs âmes,
Comme éprises pour lui de quelque fol amour.

Et, tandis qu'à son cou se pend la plus peureuse,

Il les berce avec lui dans la vague amoureuse,

Plus heureux qu'un amant, plus fier qu'un grand seigneur.

Oh! devant ces splendeurs de cour orientale,

Moi, premier président de cour impériale,

Je donnerais ma place et me ferais baigneur.

L'ADIEU

10.

L'ADIEU

MÉLODIE

Musique de M. J. Hodierne.

Mon amour, ma femme,
Doux présent de Dieu,
Adieu, ma chère âme,
Adieu, je pars ; enfant, adieu.
Nous étions ensemble
Dans un si doux nid !
Que Dieu nous rassemble

Vite en ce lieu béni.

Adorer sa belle

Et s'éloigner d'elle,

C'est peine mortelle,

Plus que souffrir :

Hélas ! c'est mourir.

Je pars, mais mon âme,

Le meilleur de moi,

Reste, ô douce femme,

Restera toujours avec toi.

Où que Dieu l'emporte

Loin de ce séjour,

Mon cœur à ta porte

Viendra chaque jour,

Doux ramier fidèle,

Te chanter, ma belle,

O ma tourterelle,

Son doux chant d'amour.

Sur quelque rivage

Que j'erre ici-bas,

Si loin que l'orage

Loin de ton nid porte mes pas,

Où qu'aille ma voile,

Si le soir aux cieux

Quelque blanche étoile

Sourit à tes yeux,

Dans son œil de flamme,

Dis-toi, douce femme,

Que c'est ma jeune âme

Qui, chaque nuit,

Sur toi veille et luit.

Hélas! la nuit tombe,

Signal de l'adieu.

Tu vas, ma colombe,

Rester ici seule avec Dieu.

Oh! mon cœur se brise!...

Mais avec douleur

S'il faut que la brise

Te laisse, ô ma fleur,

Viens donc, ô ma rose,

Pour moi seul éclose :

Sur ta lèvre rose

   Je vais poser

Le dernier baiser !

NOEL!

NOEL!

C'est Noël! C'est l'hiver, la nuit : la neige tombe
Et lentement étend son manteau pâle et doux.
La terre est blanche comme une blanche colombe,
Comme une fiancée en attendant l'époux.

Les roses de Noël ouvrent leur blanche étoile,
Symbole immaculé des célestes amours;
Et du sol, en perçant la neige qui le voile,
Sort le blanc galanthus, prophète des beaux jours.

Le monde est en suspens, tout annonce un mystère.
Une étoile là haut brillante luit aux yeux;
Des chocs mystérieux font tressaillir la terre,
Et l'on entend chanter les anges dans les cieux.

C'est Noël! Bethléem! Un enfant vient de naître,
Humble, dans une étable aux murs béants et froids;
Mais cet enfant si pauvre un jour sera le maître
   Des peuples et des rois.

O Christ! devant la crèche, à tes pieds que j'adore,
J'irai souvent courber mon front au sein des nuits,
Comme ont fait les bergers accourus dès l'aurore
Et les mages lointains qu'une étoile a conduits.

Je suivrai pas à pas ta dramatique histoire,
Si belle de grandeur et de simplicité
Qu'on dirait un roman, et pourtant simple à croire
   Comme la vérité.

Je guiderai mes pas sur ta tunique blanche ;

Partout sur ton chemin j'irai cueillir le miel,

Le doux miel de'ta bouche, alors que s'en épanche

La sainte parabole où tu parles du ciel.

J'irai de Bethléem au sommet du Calvaire ;

Je veux t'accompagner jusqu'au dernier soupir,

De l'heure où tu naquis jusqu'à l'heure dernière,

Cher et premier martyr !

Doux héros de la croix ! ô des enfants des hommes

Le plus beau qui jamais soit né sous le ciel bleu ;

Royal fils de David ; Jésus, toi qui te nommes

Emmanuel ; ô fils d'une vierge et d'un Dieu !

De ton drame sacré je conterai les choses ;

J'en serai l'amoureux et poétique écho ;

Je le ferai revivre, ainsi que font les roses

Au doux pays de Jéricho.

Je suis ton barde, ô Christ ! Oh ! donne-moi des ailes
Pour planer dans les cieux et voler jusqu'à toi ;
Et crois à mes serments : mes serments sont fidèles,
O mon roi !

AU MYOSOTIS

AU MYOSOTIS

O doux myosotis, ô fleur de l'espérance,
Des souvenirs d'amour et des jours de bonheur,
Dis, quand reverrons-nous le ciel de notre France
Aussi calme, aussi pur, aussi bleu que ta fleur?

FIN.

TABLE

PARIS

IMPRIMERIE DE D. JOUAUST

Rue Saint-Honoré, 338.

www.ingramcontent.com/pod-product-compliance
Lightning Source LLC
Chambersburg PA
CBHW051551280626
47162CB00022B/1686